publication PN°1
Bibliothek der Provi[n

Maulana Dschalaldin Rumi ist der bedeutendste Dichter der persisch-islamischen Mystik. Er wurde in Balkh am 30.9.1207 geboren und lebte in Konya/Anatolien (Ost Rom), daher der Beiname »Rumi«. Er starb mit 65 Jahren am 17.12.1273. Sein Diwan mit mehr als 3000 Gedichten ist seinem Lehrer und Seelenführer Schams al din aus Tabriz gewidmet. Sein Hauptwerk »Matnawi«, umfasst 26000 Doppelverse von hoher sprachlicher Schönheit und bildlicher Ausdruckskraft, lose aneinander gereihte Gedichte, Parabeln und Gedanken, in denen sich die islamische Tradition vielfältig spiegelt. Nach dem Koran hat es wie kein anderes Werk die Literatur der Persisch, Türkisch und Urdu sprechenden Völker bis in die Gegenwart beeinflusst und thematisiert die Sehnsucht nach der Wiedervereinigung mit Gott. Rumi ist der Begründer des islamischen Ordens der Maulawi (tanzende Derwische).
Diese Übersetzung ist ein Versuch, dem Leser aus dem Ozean persischer Poesie einen durststillenden Tropfen mystischer Liebe anzubieten.

Maulana Dschalaldin Rumi LIEBESMYSTIK
Gedichte aus dem Diwan

Ins Deutsche übertragen von Reza Maschajechi
herausgegeben von Richard Pils
 ISBN 3 85252 596 9 Verlag *publication PN°*1 Bibliothek der Provinz
A-3970 WEITRA 02856/3794

printed in Austria by Druckerei Janetschek, Heidenreichstein

Abbildung Titelseite: Haftrang-Fayencekacheln der Vakil-Moschee (Shiraz)

Maulana Dschalaldin Rumi

مولانا جلال الدّین رومی

LIEBESMYSTIK

عرفان عشق

Gedichte aus dem Diwan

گزیدهٔ دیوان کبیر

Ins Deutsche übertragen von

ترجمه:

Reza Maschajechi

رضا مشایخی

بنمای رخ که باغ و گلستانم آرزوست   بگشای لب که قند فراوانم آرزوست

ای آفتاب خوش حسن برون آدمی ز ابر   کان چهرهٔ مشعشع تابانم آرزوست

بشنیدم از هوای تو آواز طبل باز   باز آمدم که ساعد سلطانم آرزوست

گفتی ز ناز بیش مرنجان مرا برو   آن گفتنت که بیش مرنجانم آرزوست

وان دفع گفتنت که برو شه به خانه نیست   وان ناز و باز و تندی دربانم آرزوست

در دست هر کی هست ز خوبی قراضه‌هاست   آن معدن ملاحت و آن کانم آرزوست

این نان و آب چرخ چو سیلیست بی‌وفا   من ماهیم نهنگم عمانم آرزوست

یعقوب وار وا اسفاها همی زنم   دیدار خوب یوسف کنعانم آرزوست

والله که شهر بی تو مرا حبس میشود   آوارگی و کوه و بیابانم آرزوست

زین همرهان سست عناصر دلم گرفت   شیر خدا و رستم دستانم آرزوست

جانم ملول گشت ز فرعون و ظلم او   آن نور روی موسی عمرانم آرزوست

زین خلق پر شکایت گریان شدم ملول   آن های هوی و نعرهٔ مستانم آرزوست

گویاترم ز بلبل اما ز رشک عام   مهرست بر دهانم و افغانم آرزوست

دی شیخ با چراغ همی گشت گرد شهر   کز دیو و دد ملولم و انسانم آرزوست

گفتند یافت می‌نشود جسته‌ایم ما   گفت آنک یافت می‌نشود آنم آرزوست

هرچند مفلسم نپذیرم عقیق خرد   کان عقیق نادر ارزانم آرزوست

پنهان ز دیده‌ها و همه دیده‌ها از اوست   آن آشکار صنعت پنهانم آرزوست

خود کار من گذشت ز هر آرزو و آز   از کان و از مکان پی ارکانم آرزوست

گوشم شنید قصهٔ ایمان و مست شد   کو قسم چشم صورت ایمانم آرزوست

یک دست جام باده و یک دست جعد یار   رقصی چنین میانهٔ میدانم آرزوست

می‌گوید آن رباب که مردم ز انتظار   دست و کنار و زخمهٔ عثمانم آرزوست

من هم رباب عشقم و عشقم ربابیست   وان لطفهای زخمهٔ رحمانم آرزوست

باقی این غزل را ای مطرب ظریف   زین سان همی شمار که زین سانم آرزوست

بنمای شمس مفخر تبریز روز شرق   من هدهدم حضور سلیمانم آرزوست

دیوان کبیر ۴۴۱

Offenbare dein Antlitz! Garten und Blumenhain sind mein
Verlangen.
Öffne deine Lippen! Nach viel Süßem ist mein Verlangen.

Oh, du wunderbare Sonne hinter den Wolken, komm heraus,
zeige dich nur einen Augenblick.
Ein leuchtendes, strahlendes Gesicht ist mein Verlangen.

Von weit her vernahm ich den Trommelgesang.
Ich kam zurück. Die königliche Hand ist mein Verlangen.

Kokettierend sagst du mir: »Neck mich nicht, geh weiter!«
Diese Art, mit mir zu spielen, ist mein Verlangen.

Schroff weist du mich zurück, gibst dich als Diener aus.
Der König sei nicht im Haus. Diese Strenge ist mein Verlangen.

Eisenspäne hüten die Menschen mit ihren Händen.
Salzberge, Bodenschätze sind mein Verlangen.

Ein untreuer Sturzbach ist solch Reichtum dieser Welt.
Ein Flussfisch bin ich, ein Wal möchte ich sein! Der Ozean
ist mein Verlangen.

Wie Jakob wehklage ich.
Das Wiedersehen mit Josef ist mein Verlangen.

Bei Gott, diese Stadt ist ein Kerker ohne dich.
Irren in den Bergen, in der Wüste ist mein Verlangen.

Betrübt ist mein Herz von wankelmütigen Weggefährten.
Löwenkönig und Rostam, der Starke sind mein Verlangen.

Betrübt bin ich über des Pharaos Ungerechtigkeiten.
Nach des Moses Licht ist mein Verlangen.

Das jammernde, klagende Volk stimmt mich traurig.
Überfreude, trunkenes Schreien sind mein Verlangen.

Wortgewaltiger als die Nachtigall bin ich. Neider versiegeln
meinen Mund. Lautes Rufen ist mein Verlangen.

Um die Stadt ging der Meister mit einer Laterne gestern Nacht.
Enttäuscht bin ich von Dieben und wilden Tieren. Tugendhafte
Menschen sind mein Verlangen.

Alle riefen: »Wir werden nicht findig, wir suchten und suchten.«
Er sprach: »Das Unauffindbare ist mein Verlangen.«

Obschon ich mittellos arm bin, nehme ich keinen wertlosen
Rubinsplitter als Almosen.
Der kostbare, seltene Rubin ist mein Verlangen.

Vor jedem Blick ist er verborgen, jeder Blick seine Schöpfung.
Das Verborgene, Sichtbare, vom Schöpfer Erschaffene ist mein
Verlangen.

Kein Verlangen nach weltlichen Gütern habe ich, noch Gier.
Von allen Bodenschätzen, Palästen, nur das Fundament ist mein
Verlangen.

Meine Ohren vernehmen göttliche Worte und werden trunken.
Meine Augen, was tun sie? Sein Antlitz ist mein Verlangen.

Hütend halte ich in einer Hand den Weinpokal, in der anderen
das lockige Haar des Geliebten.
Vor Glück mitten im Universum zu tanzen ist mein Verlangen.

Tödlich ist das Warten und Verlangen nach der Laute.
Seine flinken Hände und die Nähe des Lautenspielers sind
mein Verlangen.

Ich bin die Laute der Liebe, meine Liebe ist die Laute.
Die Güte und Barmherzigkeit des Spielers ist mein Verlangen.

Oh, du Botschafter der Freude, spiele diese Liebeshymne
immerfort.
Spiele sie in meiner Weise, denn diese Weise ist mein Verlangen.

Offenbare du, Schams, Stolz von Tabriz, das Aufgehen der Sonne.
Ich bin Wiedehopf, Salomons Erscheinen ist mein Verlangen.

Diwan 441

مه دی رفت و بهمن هم بیا که نوبهار آمد   زمین سرسبز و خرّم شد زمان لاله زار آمد
درختان بین که چون مستان همه گیجند و سرجنبان   صبا برخواند افسونی که گلشن بی قرار آمد
سمن را گفت نیلوفر که پیچا پیچ من بنگر   چمن را گفت اشکوفه که فضل کردگار آمد
بنفشه در رکوع آمد چو سنبل در خشوع آمد   چو نرگس چشمکش می زد که وقت اعتبار آمد
چه گفت آن بید سرجنبان که از مستی سبک سرشد   چه دید آن سرو خوش قامت که رفت و پایدار آمد
قلم بگرفته نقاشان که جانم مست کفها شان   که تصویرات زیباشان جمال شاخسار آمد
هزاران مرغ شیرین پر نشسته بر سر منبر   ثنا و حمد می خواند که وقت انتشار آمد
چو گوید مرغ جان یا هو بگوید فاخته کوکو   بگوید چون نبردی بو نصیب انتظار آمد
بفرمودند گلها را که بنمایید دلها را   نشاید دل نهان کردن چون جلوهٔ یارغار آمد
ببلبل گفت گل بنگر بسوی سوسن اخضر   که گرچه صد زبان دارد صبور و رازدار آمد
جوابش داد بلبل رو بکشف راز من بگرو   که این عشقی که من دارم چو تو بی زینهار آمد
چنار آورد رو در رز که ای ساجد قیامی کن   جوابش داد کین سجده مرا بی اختیار آمد
منم حامل از آن شربت که بر مستان زند ضربت   مرا باطن چو نار آمد ترا ظاهر چنار آمد

دیوان کبیر ۵۸۱

Frühling ist erwacht, der Winter ist vergangen.
In hoher Stimmung die grünende Erde, Zeit für junge Tulpen.

Schau die Bäume an, trunken sind sie und schaukelnd.
Der Ostwind singt sein Zauberlied, in Aufruhr ist der Blumenhain.

»Komm, umhülle mich«, ruft der Jasmin zur Winde.
»Schau, Gottes Vollkommenheit«, bedeutet die Wiese der Knospe.

Das Stiefmütterchen beugt sich vor der sich neigenden Hyazinthe.
»Zeit zum Erstaunen«, blinzelt die Narzisse.

Was redet schwankend im Winde voll Übermut die Weide?
Übersieht sie denn die anmutig standhafte Zypresse?

Von des großen Künstlers Feder ist trunken meine Seele.
Überschön sind seine Bilder, göttliches Ebenbild jeder Zweig.

Tausende Vögel mit süßem Gefieder sitzen auf der Kanzel.
Es kommt die Zeit, sich zu öffnen, zu loben und zu preisen.

Der Gottesruf entzündet die Seelenfunken, bringt den Kuckuck
zum Schreien.
Wenn du das nicht erfährst, wird Warten dein Schicksal sein.

Öffnet eure Herzen, ward den Blumen geboten.
Sie zu verschließen beim Anblick von Ghar, dem ältesten Baum,
war verboten.

Die Blume spricht zur Nachtigall, »schau an die grünen Lilien,
geduldig, verschwiegen sind sie mit Hunderten von Zungen.«

Die Nachtigall erwidert: »Suche nicht mein Geheimnis zu
enthüllen,
denn die Liebe, die ich in mir bewahre, findet ihre Zuflucht
nur in dir.«

Die Platane sucht die bescheidene Rose auf und ruft: »Rebelliere!«
»Mein Beugen, diese Demut ist ohne mein Tun«, erwidert
die Rose.

Trunken von göttlichem Elixier gebäre ich ihn in mir.
Du siehst den Baum dort als Pappel, und doch als Feuer
erscheint er mir.

Diwan 581

برویدای حریفان بکشیدیار ما را

بمن آورید آخر صنم گریز پا را

بترانه های شیرین ببهانه های زرّین

بکشید سوی خانه مه خوب خوش لقا را

وگراو بوعده گوید که دمی دگر بیایم

همه وعده مکر باشد بفریبد او شما را

دم سخت گرم دارد که بجادوی وافسون

بزند گره برآب او و ببندد او هوا را

بمبارکی وشادی چونگار من در آید

بنشین نظاره می کن تو عجایب خدا را

چوجمال او بتابد چه بود جمال خوبان

که رخ چوآفتابش بکشد چراغها را

بروای دل سبک رو به یمن بدلبر من

برسان سلام وخدمت توعقیق بی بها را

دیوان کبیر ۱۶۳

Meinen Gebieter, oh Freunde,
Bringt ihn her, bringt ihn her.
Den wunderschönen Ausbrecher,
Bringt ihn her!

Mit schönen Melodien,
Mit süßen Ausreden bringt ihn mir,
Schleppt ihn heim,
Den Mondgesichtigen.

Verspräche er euch aber,
Er käme ein anderes Mal,
Seine Versprechen sind nur
Verführerischer Trug.

Seine Sprache ist bezaubernd schön.
Mit ihr verknotet er das Wasser,
Bringt den Wind zum Stillstand.

Freut er sich und ist ausgelassen,
Ist sein Antlitz Gottes Wunderwerk.
Werft euch nieder in Ehrfurcht
Und schaut ihn an.

Wie die Sonne
Strahlt sein schönes Antlitz.
Vor dieser Sonne
Hat keine Lampe Bestand.

Geh mein lieber, schnellläufiger Bote
Nach Jemen, wo es Rubine gibt.
Richte ihm meinen Gruß aus,
Meinem unschätzbaren Rubin.

Diwan 163

برفتم دی بپیشش سخت پر جوش

نپرسید او مرا بنشست خاموش

نظر کردم بر او یعنی که وا پرس

که بی روی چو ماهم چون بدی دوش

نظر اندر زمین میکرد یا رم

که یعنی چون زمین شو پست و بی هوش

ببوسیدم زمین را سجده کردم

که یعنی چون زمینم مست و مدهوش

دیوان کبیر ۱۲۳۶

Aufgewühlt nahte ich ihm gestern Nacht.
Er fragte nicht, saß ungerührt.
Verwundert schaute ich ihn an: »Warum fragst du nicht,
Wie ging es ohne deinen treuen Mond heut Nacht?«
Er schaute wortlos auf die Erde: »Werde wie die Erde!«
Ich kniete nieder und küsste die Erde
Voll Demut und selbstvergessen.

Diwan 1236

با تو سخن از بی زبان خواهم گفت

از جملهٔ گوشها نهان خواهم گفت

جز گوش تو نشنود حدیث من کس

هر چند میان مردمان خواهم گفت

رباعی ۲۲۲

Ohne Worte werde ich mit dir reden.
Unhörbar für alle Ohren werde ich sprechen.
Nur deine Ohren hören die Worte, die ich sage,
Die ich laut in die Menge rufe.

Rubai 222

ای آنکه چو آفتاب فرداست بیا

بیرون تو برگ و باغ زرداست بیا

عالم بی تو غبار و گرداست بیا

این مجلس عیش بی تو سرداست بیا

رباعی ۱۵

Einmalig wie die Sonne bist du, komm!
Rings um dich ist das Blatt welk, der Garten gelb, komm!
Staubig ist die Welt ohne dich,
Kalt ist unsere Feier ohne dich, komm!

Rubai 15

دوش آمده بود از سر لطفی یارم

شب را گفتم فاش مکن اسرارم

شب گفت پس و پیش نگه کن آخر

خورشید تو داری ز کجا صبح آرم

رباعی ۱۲۳۳

Voll Güte kam mein Geliebter gestern Nacht.
»Verrate mein Geheimnis nicht, oh Nacht.«
»Schau rechts, schau links«, antwortete die Nacht.
»Schon hier ist deine Sonne, wie soll ich dir schenken den Tag?«

Rubai 1233

بر تختهٔ دل که من نگهبانم و تو
خطّی بنوشته ای که خوانم و تو
گفتی که بگویمت چو من مانم و تو
این نیز از آنهاست که من دانم و تو

رباعی ۱۵۶۱

Wächter der Herzenstafel sind wir.
Deine geheime Schrift auf ihr, verständlich nur für dich,
nur für mich.
Dein Versprechen, unsere Liebe währet ewiglich,
Hohn, wieder dein Wort! Das wissen du und ich.

Rubai 1561

من بودم ودوش آن بت بنده نواز

از من همه لابه بود واز وی همه ناز

شب رفت وحدیث ما بپایان نرسید

شب راچه گنه حدیث ما بود دراز

رباعی ۹۶۷

Ich und die Nacht und mein schöner Gebieter.
Voll Verlangen war ich, doch du machtest dich rar.
Die Nacht verging, unsere Zwiesprache dauerte an.
Schuld war nicht die Kürze der Nacht, unser Gespräch war zu lang.

Rubai 967

گفتی که : بیا که باغ خندید و بهار

شمعست و شراب و شاهدان چونگار

آنجا که تو نیستی از اینهام چه سود ؟

وآنجا که تو هستی خود از اینها به چه کار ؟

رباعی ۹۱٤

Du sagtest: »Komm, dort ist Frühling. Es lacht der Garten.
Leuchtende Kerzen, Wein und die Schönen, die auf dich warten.«
Bist du dann dort, bedarf ich ihrer nicht.
Bist du dann dort, werde ich nur deine Nähe achten.

Rubai 914

تا با تو بوم نخسبم از یاریها

تا بی تو بوم نخسبم از زاریها

سبحان الله که هر دو شب بیدارم

تو فرق نگر میان بیداریها

رباعی ۳۶

Bin ich mit dir, Liebe raubt mir den Schlaf.
Bin ich ohne dich, Trauer raubt mir den Schlaf.
Oh Gott, beide Nächte bin ich wach!
Schau, welch ein Unterschied zwischen wach und wach.

Rubai 36

من بیخود و تو بیخود ما را کی برد خانه　　من چند ترا گفتم کم خور دو سه پیمانه
در شهر یکی کس را هشیار نمی‌بینم　　هر یک بتر از دیگر شوریده و دیوانه
جانا به خرابات آ تا لذّت جان بینی　　جان را چه خوش باشد بی صحبت جانانه
هر گوشه یکی مستی دستی ز بر دستی　　وان ساقی هر هستی با ساغر شاهانه
تو وقف خراباتی دخلت می و خرجت می　　زین وقف به هشیاران مسپار یکی دانه
ای لولی بربط زن تو مست تری یا من　　ای پیش تو مستی افسون من افسانه
از خانه برون رفتم مستیم بپیش آمد　　در هر نظرش مضمر صد گلشن و کاشانه
چون کشتی بی لنگر کژ میشد و مژ میشد　　وز حسرت او مرده صد عاقل و فرزانه
گفتم ز کجائی تو تسخر زد و گفت ای جان　　نیمیم ز ترکستان نیمیم ز فرغانه
نیمیم ز آب و گل نیمیم ز جان و دل　　نیمیم لب دریا نیمی همه دردانه
گفتم که رفیقی کن با من که منم خویشت　　گفتا که بنشناسم من خویش ز بیگانه
من بی دل و دستارم در خانهٔ خمّارم　　یک سینه سخن دارم هین شرح دهم یا نه
در حلقهٔ لنگانی می باید لنگیدن　　این پند ننوشیدی از خواجهٔ علیانه
سرمست چنان خوبی کی کم بود از چوبی　　بر خاست فغان آخر از استن حنّانه
شمس الحق تبریزی از خلق چه پرهیزی　　اکنون که در افکندی صد فتنهٔ فتّانه

دیوان کبیر ۲۳۰۹

Ich bin berauscht, du bist berauscht, wer wird uns nach Hause
begleiten?
Oft mahnte ich dich, zwei, drei Krüge weniger zu dir zu nehmen.

Niemanden treffe ich in dieser Stadt, der nüchtern ist.
Einer verwirrter als der andere.

Komm, mein Freund, komm ins Wirtshaus und finde dort
dein Glück.
Welche Freude macht das Leben ohne deinen Geliebten?

In jedem Winkel des Wirtshauses ein Trunkener mit bittenden
Händen.
Und jener Mundschenk allen Seins mit dem königlichen Becher.

Vergeben bist du ans Wirtshaus. Deine Einnahme: Wein,
deine Ausgabe: Wein.
Verschenke keinen Tropfen dem Nüchternen vom edlen Wein.

Oh, du närrischer Lautenspieler, bist du betrunkener als ich?
Oh, wie verzaubert ist die Trunkenheit durch dich!

Ich verließ das Haus, und ward trunken.
Versteckt in seinen Blicken hundert Blumenhaine der Geborgenheit.

Wie ein Schiff ohne Anker taumelt er hin und her.
An seinem Leiden sterben hundert Edle und Weise.

Ich fragte: »Wo stammst du denn her?« Lachend sagte er:
»Oh Freund, zur Hälfte bin ich von Osten, zur Hälfte bin ich
von Westen.*

Bin zur Hälfte aus Wasser und Lehm, zur Hälfte aus Herz und Seele,
Zur Hälfte am Meeresrand, zur Hälfte kostbare Perle.«

Ich sagte: »Komm, sei mein Freund. Du und ich sind verwandt.«
Er sagte: »Ich kenne den Freund, ich kenne den Fremden.

Weder Herz noch Verstand besitze ich, in der Wohnstatt der Trunkenen wohne ich,
Eine Brust voll Sprache habe ich, ist das Sagbare sagbar?«

Im Kreise der Hinkenden darf der Mensch hinken.
Diesen Rat gibt dir kein Großfürst.
Fröhlicher, wunderbarer, trunkener Freund,
Was hast du weniger von dem Holz, das laut schrie, als der Prophet es verließ?**

Oh Schams, wahre Sonne aus Tabriz, auch du meidest die Menschen. Warum?
Wo du doch hundert Feuer in uns entfachtest. Warum?

Diwan 2309

* Osten und Westen sind Interpretationen des Übersetzers.
** Gemeint ist der Holzbalken, der dem Propheten als Kanzel gedient hatte.

مطرب خوش نوای من عشق نواز همچنین | نغننهٔ دگر بزن پردهٔ تازه برگزین
مطرب روح من توئی کشتی نوح من توئی | فتح وفتوح من توئی یار قدیم واوّلین
از توشاد شد جان من بی تو مباد جان من | دل بتوداد جان من باغم توست همنشین
تلخ بود غم بشر وین غم عشق چون شکر | این غم عشق رادگر بیش بچشم غم مبین
چون غم عشق زاند رون زیك نفسی رود برون | خانه چوگور می شود خانگیان همه حزین
سرمهٔ ماست گرد تو راحت ماست درد تو | کیست حریف و مرد تو ای شه مرد آفرین
تا که تراشناختم همچونمك گداختم | شکّم وشكّ فنا شود چون برسد بریقین
من شبم ازسیه دلی تومه خوب ومفضلی | ظلمت شب عدم شود در رخ ماه را بین
عشق زتوست همچو جان عقل زتوست لوح خان | کان ومکان قراضه جو بحر زتوست دانه چین
مست توبوالفضول شد وز دوجهان ملول شد | عشق ترا رسول شد اوست نکال هر زمین
در تبریز شمس دین دارد مطلعی دگر | نیست ز مشرق اومُبین نیست بمغرب اودفین

دیوان کبیر ۱۸۴۰

Du, mein wunderbarer Musiker, liebkose allezeit!
Wähle eine neue Melodie, spiele leise allezeit!

Meine Arche Noah, Musikus meiner Seele bist du.
Mein Eroberer, alter, erster Freund bist du.

Ohne dich findet meine Seele keine Freude, ohne dich kein Leben.
Mein Herz schenkt dir mein Leben, deine Sorgen werden zu meinen.

Bitter ist die Sorge der Menschen, süß der Kummer der Liebe.
Schau nie mehr deinen Liebeskummer mit menschlichem Auge.

Verlässt uns für einen einzigen Atemzug lang der Kummer
der Liebe,
Zum Grab wird das Haus, alle Bewohner fallen in Trauer.

Dein Pilgerstaub ist unsere Zierde, unsere Bequemlichkeit
dein großes Leid.
Welcher Mann kann dir Gefährte sein, du König, Schöpfer
der Helden?

Als ich dich kennen lernte, schmolz ich wie Salz,*
Mein Zweifel wird zunichte, ich bin deiner gewiss.

In mir ist Nacht vom schwarzen Herzen, du bist der strahlende
Mond über mir.
Die Schwärze der Nacht vergeht, schau ich in dein Antlitz.

Liebe kommt von dir mein Geliebter, mein Verstand entschlüsselt
deine Tontafel.
Suche den Ort mit den Goldspänen, das weite Meer wird zu einer
Hand voll Körner.

Selbst die Trunkenheit wird sinnlos durch dich, Erde und Himmel
werden traurig.
Du Botschafter der Liebe, du Qual jedes irdischen Seins.

In Tabriz nimmt Shamsalladin, die Sonne des Glaubens, eine
neue Richtung;
Nicht im Osten geht sie auf, nicht im Westen geht sie unter.

Diwan 1840

* Salz schmelzen bedeutet: sich vereinigen, sich verbinden in Liebe, teilhaben am göttlichen Bund.

با دل گفتم که ای دل از نادانی
محروم ز خدمت شده ای میدانی
دل گفت مرا سخن غلط میرانی
من لازم خدمتم تو سرگردانی

رباعی ۱۷۸۲

Ich sprach zu meinem Herzen: »Du unwissendes Herz!
Du dienst mir nicht mehr, dass du das nicht merkst!«
Herz sprach: »Im Irrtum bist du, du sprichst falsch.
Du hast mir zu dienen, dass **du** das nicht merkst?«

Rubai 1782

عقل آمد و پند عاشقان پیش گرفت

در ره بنشست و رهزنی کیش گرفت

چون در سرشان جایگه پند ندید

پای همه بوسید و ره خویش گرفت

رباعی ۳۶۷

Vernunft kam, den Liebenden Rat zu erteilen.
Ein Wegelagerer war sie, Raubzug ihr Leitstern.
Zu den Köpfen der Liebenden fand sie keinen Zugang,
küsste ihre Füße und suchte das Weite.

Rubai 367

هم دل بدلستانت رساند روزی

هم جان سوی جانانت رساند روزی

از دست مده دامن دردی که تراست

کاز درد بدرمانت رساند روزی

رباعی ۱۹۹۰

Dieses reine Herz lässt dich zu deinem Gebieter gelangen,
eines Tages.
Diese reine Seele lässt dich zu deinem Gebieter gelangen,
eines Tages.
Verliere nicht den Mut, ertrage den Trennungsschmerz,
Dieser Trennungsschmerz wird sein deine Heilung, eines Tages.

Rubai 1990

این آتش عشق میپزاند ما را

هرشب به خرابات کشاند ما را

بااهل خرابات نشاند ما را

تا غیرخرابات نداند ما ررا

رباعی ۲۸

Das Feuer der Liebe wird uns garen,
Jede Nacht ums Wirtshaus scharen.
Mit den Zechern sind wir verwandt.
Einzig mit dem Wirtshaus macht es uns bekannt.

Rubai 28

آنم که چو غمخوار شوم من شادم

واندم که خراب گشته ام آبادم

آن لحظه که ساکن و خموشم چو زمین

چون رعد بچرخ میرسد فریادم

رباعی ۱۱۱۵

Freude entsteigt der Traurigkeit.
Im Fallen bin ich zum Auferstehen bereit.
Regungslos, still wie die Erde bin ich.
Stille, ein Donnergeschrei, das den Himmel erreicht.

Rubai 1115

این بادسحر محرم راز است مخسب

هنگام تفرّع ونیاز است مخسب

برخلق دوکون ازازل تا به ابد

این در نبسته است باز است مخسب

رباعی ۹۱

Dieser frühe Wind ist dem Geheimnis der Morgendämmerung anvertraut, schlafe nicht!
Es ist Zeit, sich zu öffnen, schlafe nicht!

Von Anbeginn bis zur Ewigkeit, für Bewohner beider Welten,
Ist nicht verschlossen das Tor, es ist offen, schlafe nicht!

Rubai 91

فرمود خدا بوحی کای پیغمبر

جز در صفت عاشقان بمنشین بگذر

هرچند ز آتشت جهان گرم شود

آتش میرد ز صحبت خاکستر

رباعی ۹۰۷

Gott offenbarte sich seinem Propheten:
»Suche die Gesellschaft der Liebenden!
Obschon von deinem Feuer sich die Welt erwärmt,
Glut vergeht neben Asche.«

Rubai 907

گفتند که شش جهت همه نور خداست

فریاد ز حلق خاست کان نور کجاست

بیگانه نظر کرد بهر سوچپ وراست

گفتند دمی نظر بکن بی چپ وراست

رباعی۳۹۳

Von sechs Seiten, wurde verkündet, scheine das Gotteslicht.
Aus voller Kehle schrie es: »Wo ist das Licht?«
Befremdet schaute man nach links, schaute man nach rechts.
Schau einen Augenblick lang in deine Mitte,
Nicht nach links, nicht nach rechts,
So deine Verheißung.

Rubai 393

ای جان ز دل تو بر دل من راهست

وز جستن آن در دل من آگاه است

زیرا دل من چو آب صافی خوش است

آب صافی آینه دار ماه است

رباعی ۱۸۵

Oh Gott, ein Pfad verbindet mich zu dir,
Ihn zu suchen, ist mir im Herzen bewusst.
Jenes Herz, klar und frisch wie Wasser,
Jenes stille Wasser als Spiegel deines Mondes.

Rubai 185

از ذکر بسی نور فزاید مه را

در راه حقیقت آورد گمره را

هر صبح و نماز شام ورد خود ساز

این گفتن لا اله الا اللّه را

رباعی ۱۱

Loben und loben verleiht dem Mond noch mehr Glanz.
Den Irrläufer führt er zum Weg der Wahrheit ganz.
Rufe auf, rufe auf beim Morgengebet, beim Abendgebet
Diesen Refrain: Es gibt einen Gott, außer ihm keinen.

Rubai 11

بگفتم حال دل گویم از آن نوعی که دانستم
برآمد موج آب چشم و خون دل نتانستم

شکسته بسته میگفتم پریر از شرح دل چیزی
تنگ شد جام فکر و من چو شیشه خرد بشکستم

چو تخته تخته بشکستند کشتیها درین طوفان
چه باشد زورق من خود که من بی پا و بی دستم

شکست از موج این کشتی نه خوبی ماند و نه زشتی
شدم بی خویش و خود را من سبک بر تخته ای بستم

نه بالایم نه پست امّا ولیك این حرف پست آمد
که گه زین موج بر اوجم گهی زان اوج در پستم

چه دانم نیستم هستم ولیك این مایه میدانم
چو هستم نیستم ای جان ولی چون نیستم هستم

دیوان کبیر ۱۴۱۹

Meines Herzens Zustand zu beschreiben, war mir ein Bedürfnis.
Das blutende Herz, die Tränen wurden zum Hindernis.

Verschlossen die Lippen, zerbrochen das gesagte Wort, jüngst.
Der Gedankenpokal zerschmetterte, wie Glasscherben wurde ich.

Stürmisch ist das Meer, die Wellen zertrümmern große Schiffe.
Hilflos, ohne Hände, ohne Füße in einer Jolle sitze ich.

Die Wellen, übermächtig, zerschlugen mein Schiff. Gutes wie
Schlechtes verschwanden.
Voller Ohnmacht umarmte ich leichtgewichtig den
zerborstenen Rumpf.

Weder oben noch unten bin ich. Wo bin ich? Wo bin ich?
Die Wellen tragen mich, bisweilen zu den höchsten Höhen,
bisweilen zu den tiefsten Tiefen.
Wenn ich weiß: »Ich bin nicht, bin ich«, doch so viel weiß ich:
»Wenn ich bin, bin ich nicht.«
Glaube mir: »Wenn ich nicht bin, bin ich.«

Diwan 1419

ای خدا این وصل را هجران مکن		سر خوشان عشق را نالان مکن
باغ جان را تازه و سر سبز دار		قصد این مستان و این بستان مکن
چون خزان بر شاخ و برگ دل مزن		خلق را مسکین و سرگردان مکن
بر درختی کآشیان مرغ توست		شاخ مشکن مرغ را پران مکن
جمع و شمع خویش را برهم مزن		دشمنان را کور کن شادان مکن
گرچه دزدان خصم روز روشنند		آنچ می خواهد دل ایشان مکن
کعبهٔ اقبال این حلقه ست و بس		کعبهٔ اومید را ویران مکن
این طناب خیمه را برهم مزن		خیمهٔ تست آخرای سلطان مکن
نیست در عالم زهجران تلخ تر		هرچ خواهی کن ولیکن آن مکن

دیوان کبیر ۲۰۲

Oh Gott, diese Einung, trenne sie nicht. Oh, tu es nicht!
Verkehre die Freude der Liebe nie in Trauer. Oh, tu es nicht!

Lass den Lebensgarten immer grünen.
Lass die Trunkenen und unseren Blumenhain nicht verderben.
Oh, tu es nicht!

Reiß nicht ab, wie der Herbst Äste und Blätter des Herzens.
Lass deine Geschöpfe nicht arm, nicht heimatlos werden.
Oh, tu es nicht!

Am Baum deine Vögel nisten,
Brich nicht ab die Äste, verscheuche nicht die Vögel.
Oh, tu es nicht!

Deine Gemeinde, deine Kerze, zerbrich sie nicht.
Mach die Feinde blind, nicht sinnenfroh. Oh, tu es nicht!

Wenn auch Diebe Feinde hellen Tageslichtes sind,
Was auch ihr Herzenswunsch ist, erfülle ihn nicht.
Oh, tu es nicht!

Kaaba des Glücks ist dieser schwache Kreis, und nicht mehr.*
Kaaba der Hoffnung, zerstöre sie nicht.

Zerreiße diese Seile des himmlischen Zeltes nicht.
Dein Zelt ist es letztlich, oh König. Oh, tu es nicht!

Nichts Bittereres als Trennung gibt es auf der Welt.
Tu alles was du magst, nur dieses eine – Oh, tu es nicht!

Diwan 2020

* Kreis kann symbolisch »Einung« bedeuten.

بمیرید، بمیرید، در این عشق بمیرید

در این عشق چو مردید همه روح پذیرید

بمیرید، بمیرید، وزین مرگ مترسید

کز این خاک برآیید، سماوات بگیرید

بمیرید، بمیرید، وزین نفس ببرید

که این نفس چو بنداست وشما همچو اسیرید

یکی تیشه بگیرید پی حفرهٔ زندان

چو زندان بشکستید همه شاه و امیرید

بمیرید، بمیرید، بپیش شه زیبا

بر شاه چو مردید همه شاه و شهیرید

بمیرید، بمیرید، وزین ابر برآیید

چو زین ابر برآیید همه بدر منیرید

خموشید، خموشید، خموشی دم مرگ است

هم از زندگیست اینک ز خاموشی نفیرید

دیوان کبیر ٦٣٦

O sterbet, o sterbet, in dieser Liebe sterbet!
Wenn ihr in Liebe sterbet, dass ihr den Geist erwerbet.

O sterbet, o sterbet, und fürchtet euch vorm Tode nicht!
Wenn ihr vom Staub befreit seid, dass ihr den Himmel erbet.

O sterbet, o sterbet, gebet auf eure Begierde.
Ihr seid die Geiseln, die Begierde hat euch gefesselt.

Nehmet eine Axt und euer dunkles Gefängnis!
Zum König und Emir ihr werdet, wenn ihr das Gefängnis zerstöret.

O sterbet, o sterbet vor dem herrlichen König.
Zum König werdet ihr, wenn ihr vor ihm sterbet.

O sterbet, o sterbet, kommt heraus aus den dunklen Wolken!
Wenn ihr die Wolken hinter euch lasst, wie der Vollmond
ihr strahlet.

Seid still, seid still, die Stille ist der Lobgesang des Todes!
Ursache des Leides ist das Leben, nun vor der Stille nicht flüchtet.

Diwan 636

* Die ersten zwei Zeilen folgen der Übersetzung von A. Schimmel, »Aus dem Diwan«, Reclam, S. 69.

در میان پردهٔ خون عشق را گلزارها

عاشقان را با جمال عشق بیچون کارها

عقل گوید شش جهت حدّاست و بیرون راه نیست

عشق گوید راه هست و رفته ام من بارها

عقل بازاری بدید و تاجری آغاز کرد

عشق دیده زان سوی بازار او بازارها

ای بسا منصور پنهان ز اعتماد جان عشق

ترک منبرها بگفته بر شده بردارها

عاشقان دردکش را در درونه ذوقها

عاقلان تیره دل را در درون انکارها

عقل گوید پا منه کند ر فنا جز خار نیست

عشق گوید عقل را کند ر توست آن خارها

هین خمش کن خار هستی را ز پای دل بکن

تا ببینی در درون خویشتن گلزارها

دیوان کبیر ۱۳۲

Das aus Liebe blutgetränkte Tuch ist ein Blumenhain.
Das Antlitz der Liebenden vermag alles.

Der Verstand sagt: An allen Seiten stößt du an Grenzen,
nirgendwo ein Ausgang.
Die Liebe sagt: Es gibt einen Weg, ich ging ihn.

Der Verstand sieht einen Bazar und fängt an zu handeln.
Die Liebe sieht viel mehr als nur diesen einen Bazar.

Im Geheimen wird jenen geholfen, die nur auf die Liebe vertrauen.
Sich abwenden von Kanzel und Ablass und doch reichlichen
Lohn erfahren.

Die Liebenden sind wie Weingärtner, sind heiteren Gemüts.
Die Denker sind trüben Herzens, Meister der Verneinung.

Der Verstand sagt: Kein Schritt weiter, es gibt nur das Nichts
und die Dornen.
Die Liebe sagt zum Verstand: In dir selbst sind die Dornen.«

Nun sei still, deine Dornen, tief verankert in deinem Herzen,
hol sie heraus,
Auf dass du in dir selbst siehst: Blumenhaine.

Diwan 132

من عاشق جانبازم از عشق نپرهیزم

من مست سراندازم از عربده نگریزم

گویند رفیقانم از عشق نپرهیزی ؟

از عشق بپرهیزم پس با چه در آمیزم ؟

پروانهٔ دمسازم می سوزم و می سازم

در بیخودی و مستی می افتم و می خیزم

گر سر طلبی من سر در پای تو اندازم

ور زر طلبی من زر اندر قدمت ریزم

فردا که خلایق را از خاك برانگیزند

بیچاره من مسکین از خاك تو برخیزم

گر دفتر حسنت را در حشر فرو خوانند

اندر عرصات آن روز شوری دگر انگیزم

گر در عرصات آید شمس الحقّ تبریزی

من خاك سر کویت با مشك بیامیزم

Für die Liebe opfere ich mein Leben; nie werde ich aufhören zu lieben.
Ein Taumelnder bin ich, ein Betrunkener, Schreiender bleibe ich.

Meine Freunde fragen mich: »Willst du die Liebe nicht meiden?«
Wenn ich nicht mehr liebe, wie kann ich mich verschmelzen?

Ein liebender Nachtfalter bin ich, wartend brenne ich.
Außer mir und trunken bin ich, fallend und auferstehend.

Verlange mein Haupt, und ich werfe es dir zu Füßen,
Verlange mein Leben, und ich werfe es vor deine Füße.

Am Tag des Jüngsten Gerichts, wenn alle aus der Erde auferstehn,
Werde ich, der Arme und Hilflose, aus deinem Staube auferstehn.

Wird dein Lebensbuch am Tag der Auferstehung gelesen,
Werde ich außer mir sein vor Jubeln und Jauchzen.

Kommt der Tag des Jüngsten Gerichts, Schams, die wahre Sonne
von Tabriz,
werde ich den Staub deines Weges mit Moschus vermengen.

بیا تا عاشقی از سر بگیریم | جهان خاک را در زر بگیریم
بیا تا نو بهار عشق باشیم | نسیم از مشک و از عنبر بگیریم
زمین و کوه و دشت و باغ و جان را | همه در حلهٔ اخضر بگیریم
کان نعمت از باطن گشاییم | چنین خواز درخت تر بگیریم
زسر خوردن درخت این برگ و بر یافت | زسر خویش برگ و بر بگیریم
در دل ره برده اند ایشان بدلبر | زدل ما هم ره دلبر بگیریم
مسلمانی بیاموزیم از وی | اگر آن طرهٔ کافر بگیریم
دلی دارد غمش چون سنگ مرمر | از آن مرمر دو صد گوهر بگیریم
چو جوشد سنگ او هفتاد چشمه | سبو و کوزه و ساغر بگیریم
کمینه چشمه اش چشمیست روشن | که ما از نور او صد فر بگیریم

دیوان کبیر ۱۵۳۲

Komm, lass uns anfangen zu lieben
Und die irdische Welt mit Goldstaub bestreuen!

Komm, lass uns zum Frühling der Liebe werden!
Lass uns von Moschus und Amber atmen!

Erde, Berg, Steppe, Garten, unser Leben,
Lass uns alles umhüllen mit grünem Kleide.

Lass uns aufmachen unsere Seele.
Lass uns das lernen von saftigen Bäumen.*

Durch Pfropfen trägt der Baum gute Blätter und Früchte.
So tragen auch wir Blätter und Früchte.

Er fand den Weg zum Herzen des Geliebten.
Komm, lass auch uns den Weg gehen zum Geliebten!

Völlige Hingabe an Gott lernen wir von Schams.
Sobald wir den Zopf dieses Ungläubigen berühren.**

Ein Herz hat er, selbst in Trauer glänzt es wie Marmor.
Lass uns nehmen von ihm zweimal hundert kostbare Steine!

Sprudeln aus seiner Quelle siebzig Wasser,
Füllen sich Becher, Krüge und Pokale.

Der kleinste Tropfen seiner Quelle ist leuchtendes Auge,
Ein Licht, von dem wir hundert Herrlichkeiten empfangen.

Diwan 1532

* Feucht und saftig sind auch Attribute für Uniomystika.
** Schams galt als ungläubig.

ای قوم به حج رفته کجا ئید کجا ئید   معشوق همینجا ست بیائید بیا ئید
معشوق تو همسا یه و دیوار بدیوار   در بادیه سر گشته شما در چه هوائید
گر صورت بی صورت معشوق ببینید   هم خواجه وهم خانه وهم کعبه شمائید
ده بار از آن راه بدان خانه برفتید   یکبار از این خانه برین بام برآئید
آن خانه لطیف است نشانهاش بگفتید   از خواجهٔ آن خانه نشانی بنمائید
یك دسته گل کو اگر آن باغ بدیدید   یك جوهر جان کو اگر از بحر خدائید
با اینهمه آن رنج شما گنج شما باد   افسوس که بر گنج شما پرده شمائید

دیوان کبیر ٦٤٨

Pilger zu Mekka,
Wo seid ihr, wo seid ihr?
Schon hier ist euer Gebieter,
Kommet her, kommet her!

Wand an Wand euer Nachbar,
Der Gebieter, hier wohnt er.
Irrt nicht umher in der Wüste,
Er ist hier, er ist hier.

Wenn ihr ihn schaun werdet,
Sein bildloses Antlitz,
So seid ihr selbst der Herr,
seid ihr das heilige Haus und die Kaaba.

Oft seid ihr, oh Wanderer,
Gepilgert zum Gotteshaus.
Betretet doch einmal
Das Haus, das ihr selbst seid.

Jenes Haus, es ist fein,
Gut habt ihr's beschrieben.
Redet nun
Vom Herrn des Hauses.

Wo ist der Blumenstrauß?
Wenn ihr den Garten gesehn habt,
Wo ist der tiefe Geist eures Lebens?
Wenn ihr kommt aus Gottes Meer?

Trotz allem, trotz allem
Ein Schatz für eure Mühe.
Schade, dass ihr ihn
Mit einem Schleier verdeckt.

Diwan 648

ای باغبان ای باغبان آمد خزان آمد خزان　　بر شاخ و برگ از درد دل بنگر نشان بنگر نشان

ای باغبان هین گوش کن ناله درختان نوش کن　　نوحه کنان از هر طرف صد بی زبان صد بی زبان

هرگز نباشد بی سبب گریان دو چشم و خشک لب　　نبود کسی بی درد دل رخ زعفران رخ زعفران

حاصل درآمد زاغ غم در باغ می کوبد قدم　　پرسان بافسوس و ستم کو گلستان کو گلستان

کو سوسن و کو نسترن کو سرو و لاله و یاسمن　　کو سبزپوشان چمن کو ارغوان کو ارغوان

کو میوها را دایگان کو شهد و شکر رایگان　　خشک است از شیر روان هر شیردان هر شیردان

کو بلبل شیرین فنم کو فاخته کو کو زنم　　طاوس خوب چون صنم کو طوطیان کو طوطیان

خورده چو آدم دانه ای افتاده از کاشانه ای　　پریده تاج و حله شان زین افتنان زین افتنان

گلشن چو آدم مستظر هم نوحه گر هم منتظر　　چون گفتشان لا تقنطوا ذوالامتنان ذوالامتنان

جمله درختان صف زده جامه سیه ماتم زده　　بی برگ و زار و نوحه گر زان امتحان زان امتحان

ای لکلک و سالار ده آخر جوابی بازده　　در قعر رفتی یا شدی بر آسمان بر آسمان

گفتند ای زاغ عدو آن آب باز آید بجو　　عالم شود پر رنگ و بو همچون جنان همچون جنان

ای زاغ بیهوده سخن سه ماه دیگر صبر کن　　تا در رسد کوری تو عید جهان عید جهان

زآواز اسرافیل ما روشن شود قندیل ما　　زنده شویم از مردن آن مهرجان آن مهرجان

تا کی از این انکار و شک کان خوشی بین و نمک　　بر چرخ پرخون مردمک بی نردبان بی نردبان

میر خزان همچو ددبر گور او کوبی لگد　　نک صبح دولت می دمد ای پاسبان ای پاسبان

صبحا جهان پرنور کن این هندوان را کور کن　　مر دهر را محرور کن افسون بخوان افسون بخوان

ای آفتاب خوش عمل بازآ سوی برج حمل　　نی یخ گذارونی وحل عنبرفشان عنبرفشان

گلزار را پرخنده کن وان مردگان را زنده کن　　مر حشر را تابنده کن هین العیان هین العیان

از حبس رسته دانها ماهم زکنج خانها　　آورده باغ از غیب ها صد ارمغان صد ارمغان

گلشن پر از شاهد شود هم پوستین کاسد شود　　زاینده و والد شود دور زمان دور زمان

لک لک بیاید بایدک برقصر عالی چون فلک　　لک لک کنان کالملک لک یا مستعان یا مستعان

بلبل رسد بربط زنان وان فاخته کو کو کنان　　مرغان دیگر مطرب بخت جوان بخت جوان

من زین قیامت حاملم گفت زبان را می هلم　　می ناید اندیشهٔ دلم اندر زبان اندر زبان

خامش و بشنو ای پدر از باغ و مرغان نو خبر　　پیکان پران آمده از لامکان از لامکان

دیوان کبیر ۱۷۹٤

Oh Gärtner, oh Gärtner, es ist Herbst, es ist Herbst!
Die Äste voller Pein, die Blätter klagen, schau sie an, schau sie an!

Oh Gärtner, lausche hin und vernimm! Die Bäume, sie trauern.
Von überall, von allen Seiten schweigende Klagen, schweigende
Klagen.

Trocken der Mund, mit gutem Grund, die Augen, sie weinen.
Voller Pein ist das Herz, das Antlitz, safrangelb, safrangelb.

Im Garten erscheint nun der Rabe, trauernd, trampelnd,
fragend, seufzend, suchend voller Pein den Blumenhain.

Die Lilie, die Narzisse und Zypresse, die Tulpe, der Jasmin, wo
sind sie nun?
Verschwunden das grüne Kleid der Wiese; wo ist der Lukasbaum,
der Lukasbaum?

Die Amme der Früchte wird vermisst. Wo spendet Natur noch
Nektar und Honig?
Keine Milch entströmt mehr den vertrockneten Brüsten,
den Brüsten.

Die Nachtigall, wo singt sie noch? Stille, kein Kuckucksschrei!
Übergöttlich schöner Pfau, die Papageien, wo sind sie nun,
wo sind sie nun?

Verboten war das Korn, verbannt aus dem Nest wie Adam.
Robe und Krone verloren, welch ein Verrat, welch ein Verrat.

Kahl sind die Bäume, in Reih und Glied im Trauergewand;
fassungslos erschüttert, starr, zitternd, welch eine Prüfung,
welch eine Prüfung!

Sprich du, oh, du Storch, du bist der Dorfälteste.
Antworte! Warst du in der Tiefe oder im Himmel, oder im Himmel?

Der Feind, der Rabe vernahm die Stimme: »Wasser wird wieder
füllen den Bach.
Bunt wird wieder diese Welt; wie ein Paradies, wie ein Paradies.«

Oh, du ungläubiger, krächzender Rabe, warte noch drei Monate.
Ohne Kraft wirst du sein bei der Ankunft des Festes der
Schöpfung, der Schöpfung.

Unsere Kandelaber werden leuchten vom Gesang der Serafine.
Unsere tote Seele wird auferstehn durch seine Liebe,
durch seine Liebe.

Ein ewiger Zweifler bist du. Wie lange noch? Freude wird
kommen und Salz dazu.
Zum Himmel werden steigen selbst die Kleinsten, Schwächsten
ohne Leiter, ohne Leiter.

Verenden wird der Herbst wie das wilde Tier, trampeln wirst du
auf seinem Grabe.
Nun wird kommen der Morgen des Glücks. Sei wach, sei wach!

Oh Gott, überflute die Morgenfrühe mit Licht, schicke fort die
Ungläubigen.
Lass vergehen die nicht enden wollende Zeit, schenke Wärme,
verzaubere, verzaubere!

Oh du wohltuende Sonne, nimm den Frühlingsplatz am
Himmel ein!
Lass schmelzen das Eis, trockne den Schlamm, verstreue Moschus,
verstreue Moschus!

Lass den Blumenhain wieder lachen, bring die Toten zum
Erwachen!
Beleuchte die Jenseitspforte, mach sie sichtbar, mach sie sichtbar!

Wir verlassen unsere Wohnstätten wie die Samen ihre Verließe.
Der Garten bringt viele Geschenke aus dem Geheimen,
aus dem Geheimen.

Übersät ist der Blumenhain von Nachtigallen und Blüten. Vergessen
sind Wintermäntel.
Der Gott Gebärende wird neu geboren, welch ein Schicksal,
welch ein Schicksal!

Den Himmelsthron erreicht der Storch auf dem Schimmel.
»Oh du König,« ruft er, zehnmillionenfach spricht er: »Oh du
Helfer, oh du Helfer!«

Die Nachtigall bringt die Laute zum Singen, der Kuckucksschrei
erschallt wieder.
Alle Vögel singen im Chor: »Junges Glück, junges Glück!«

Schwanger bin ich, der Tag der Wiedergeburt ist mein Kind.
Meiner Zunge ist es offenbar.
Unsäglich, solch ein Wissen, solch ein Wissen!

Oh, du weiser Mann, überstill, höre den Garten, höre die Vögel!
Fliegende Boten, von verborgenen Stätten, von verborgenen Stätten.

Diwan 1794

بجوشید بجوشید که ما اهل شعاریم

بجز عشق بجز عشق دگر کار نداریم

در این خاک در این خاک در این مزرعهٔ پاک

بجز مهر بجز عشق دگر تخم نکاریم

چه مستیم چه مستیم از آن شاه که هستیم

بیائید بیائید که تا دست برآریم

چه دانیم چه دانیم که ما دوش چه خوردیم

که امروز همه روز خمیریم وخماریم

مپرسید مپرسید زاحوال حقیقت

که ما باده پرستیم نه پیمانه شماریم

شما مست نگشتید وزان باده نخوردید

چه دانید چه دانید که ما در چه شکاریم

نیفتیم براین خاک ستان ما نه حصیریم

برآئیم برین چرخ که ما مرد حصاریم

دیوان کبیر ۱۴۷۵

Jauchzet, jauchzet, die gemeinsame Botschaft kennen wir.
Nichts als die Liebe lieben und leben wir.

Auf unserem Planeten, auf dieser Erde, auf diesem reinen
Acker bleiben wir.
Die Liebe, nichts als die Liebe pflanzen wir.

Trunken, wie trunken von jenem König sind wir.
Kommt her, kommt her, unsere Hände zu Gott strecken wir.

Was wissen wir, was wir heute Nacht tranken, was wissen wir?
Davon trunken, gären wir.

Fragt nicht, fragt nicht nach der Gestalt der Wahrheit.
Denn wir sind Anbeter des Weins, nicht die Becher zählen wir.

Ihr aber ward nie trunken, ihr habt von jenem Wein
nicht gekostet.
Was wisst ihr, was wisst ihr? Wonach jagen wir?

Kein billiger Teppich sind wir auf der Schwelle zu Gott.
Zum Himmel steigen wir, Wächter der Himmelstore sind wir.

Diwan 1475

طبیبیم حکیمیم طبیبان قدیمیم
شرابیم و کبابیم سهلیم و ادیمیم
چو رنجور تن آید چو معجون نجاحیم
چو بیمار دل آید نگاریم و ندیمیم
طبیبان بگریزند چه رنجور بمیرد
ولی ما نگریزیم که ما یار کریمیم
شتابید شتابید که ما بر سر راهیم
جهان درخور ما نیست که ما نازونعیمیم
غلط رفت غلط رفت که این نقش نه ماییم
که تن شاخ درختیست و ما باد نسیمیم
ولی جنبش این شاخ هم از فعل نسیم است
خمش باش خمش باش هم آنیم و هم اینیم
دیوان کبیر ۱۴۷۶

Ärzte, Gelehrte, allzeit Meister des Heilens sind wir.
Wein, Lamm im Feuer, Morgenstern und wohlduftende Haut
sind wir.

Dem Schwachen und Kranken unsere Medizin reichen wir.
Dem gebrochenen Herzen, Liebe und Beistand spenden wir.

Stirbt ein Kranker, suchen Ärzte das Weite.
Wir aber bleiben. Gütige treue Freunde sind wir.

Eilt, eilt herbei, auf dem Weg sind wir.
Diese Welt ist nicht unser. Aus der Fülle leben wir.

Falsch ist, falsch ist unser Bild nach außen.
Unser Körper ist Ast des Baumes und ein Lufthauch sind wir.

Ursache für den Tanz des Astes ist auch der Lufthauch.
Still, still, Ast des Baumes sind wir und Lufthauch sind wir.

Diwan 1476

Rumis mystische Liebe

Ohne Worte werde ich mit dir reden.
Unhörbar für alle Ohren werde ich sprechen.
Nur deine Ohren hören die Worte, die ich sage,
Die ich laut in die Menge rufe.

Rubai 222

Das ist die Stimme des Herzens, das ist die Sprache der Musik und Poesie. Es ist die Sprache von Rumi, einem persischen Mystiker des 13. Jahrhunderts. Er diente Gott und betete zu ihm durch Musik, Poesie und Tanz. Diese waren ihm Stufen zu Gott und damit zu sich selbst. Die Worte seiner Poesie sind knapp, präzise, es wird nicht Metapher an Metapher gereiht. Jedes Wort tanzt wie ein Derwisch um die eigene Achse und gleichzeitig in der Runde. Rumis Bilder symbolisieren Erde und Kosmos, sie charakterisieren ihren Erschaffer, Maulana Rumi, der Teil und zugleich Ganzheit ist. Jedes Wort von ihm gehört zu seinem ganzheitlichen Denken. Sicherlich ist das eigene dichterische Schaffen Rumis zu vergleichen mit seinem berühmten Gedanken von Regentropfen und Meer (s. S. 93). So wäre jedes Wort von ihm ein Ganzes und sein riesiges Werk, bestehend aus 72000 Zeilen, ist als ein Teil des großen Ganzen anzusehen.

Er befreite sich vom engen Korsett der Religionen, er wählte: Aine-Mehr, Sufismus, Mystischer Pfad (Pfad der Liebe). Das Wort Sufi stammt von Suf, was ursprünglich Wolle bedeutet. Gemeint ist das einfache Wollgewand, welches die Sufis tragen, um ihre Unabhängigkeit von materiellen Gütern dieser Welt und ihre Genügsamkeit zum Ausdruck zu bringen. Dieses Gewand neben ein paar Utensilien wie Bettelschale und Rosenkranz und ein Werkzeug, das einem Beil ähnelt, sind die einzigen Dinge, die den Sufi-Derwisch äußerlich von anderen Menschen unterscheiden. Wobei die wenigsten Sufis dieses äußere Erscheinungsbild haben. Die meisten führen ein nach außen hin herkömmliches, unauffälliges Leben. Sufismus ist eine mystische Richtung des

Islam und keine Erfindung von Moslems. Er ist älter als alle monotheistischen Religionen.

Drei mystische Wege können zu Gott führen:

Der Weg über den Verstand.

Der Weg über die Askese.

Der Pfad der Liebe, die mystische Liebe.

Menschen, die den Weg des Verstandes und den Weg der Askese gehen, sind Menschen, die nach Rumi aus Angst handeln oder sich einen Vorteil für ihr Leben versprechen.

Langsam zu Fuß geht der Asket aus Gottesfurcht.
Der Liebende aber fliegt wie ein Blitz durch die Luft.

Aus: Matnawi, 5. Buch, Vers 2192

Angst ist wie ein Staubkorn neben der Liebe.
Voll Hingabe sind die Liebenden auf dem Pfad der Liebe.
Gott wird die Liebe genannt,
Menschliche Angst als Selbstsucht erkannt.

Aus: Matnawi, 5. Buch, Vers 2184, 1285

Die Liebe ist eine der vielen Eigenschaften, die man Gott zuschreibt. Angst und Askese sind dagegen keine göttlichen Eigenschaften. Gott ist weder ängstlich noch asketisch. Somit ist der Liebende in Besitz einer der göttlichen Eigenschaften. Nach Rumi ist der Weg des Liebenden kürzer, denn er fliegt wie ein Blitz zu Gott, während der Asket und der Gelehrte nur sehr langsam vorankommen. Ihr Weg ist mühevoll und voller Leiden. Der Weg zum Ziel solle aber kurz und schnell sein. Beim langsamen Vorankommen sei die Gefahr des Müdewerdens und Einschlafens so groß, dass man seinen Weg aufgeben wolle. Der Verstandesmensch würde sich im Labyrinth der Wissenschaften verirren und könnte, nach Rumi, Beute der fremden Wegelagerer werden.

Kein Winkel dieser Welt ist frei von Fallen und wilden Tieren.
Nur im Tempel Gottes bist du ohne Gefahr.

Aus: Matnawi, 2. Buch, Vers 593

Die Menschen besitzen gute Eigenschaften, mit denen sie zum Beispiel »Eisenspäne von Sandkörnern trennen können«, sie sind also in der Lage, ihre schlechten menschlichen Eigenschaften mit geeigneten Mitteln ihres Verstandes zu korrigieren. Der Liebespfad ist wie ein Magnet, der die Eisenspäne von den Sandkörnern mühelos trennt. Der Verstandesweg ist wie ein mühevoller Versuch, die Eisenspäne mit einer Pinzette herauszupicken. Dieses zeitraubende Verfahren kann bei manchen Theologen auch zum Ziel führen. So bei dem großen Theologen Al-Ghazzali (gest. 1111). Der Weg zu Gott war für ihn mit Hilfe des Verstandes möglich.

Rumi dagegen benutzte den Magnet, er blickte weder auf die Eisenspäne, noch beachtete er den Staub.

Jeder, dessen Kleider durch seine große Liebe barsten,
Wird frei von Selbstsucht, vom Bösen.
Sei frohen Sinnes, oh Liebe, unser großer Gewinn,
Du Arzt all unserer Krankheit,
Oh, du Medizin unser Selbstsucht und Eitelkeit.
Oh, du unserer Arzt Hippokrates und Claudius Galenus.

Aus: Matnawi, 1. Buch, Vers 22–24

Bei Rumi steht die uns von Gott geschenkte Liebe im Mittelpunkt, die uns frei macht von aller Selbstsucht, allem Hass, allem bösen Handeln. Dabei war er keineswegs gegen das Aneignen von Wissen und gegen die Wissenschaftler. Für ihn war klar, dass Wissen ohne Liebe den Menschen ins Verderben führt, ihn überheblich, arrogant macht.

Das Boot bestieg ein Mann mit Arabischkenntnissen.
Selbstgerecht sprach er zum Bootsmann:
»Kannst du Arabisch?« Die Antwort war »Nein«.
»Ohne Sinn ist dann dein halbes Leben, das sollst du wissen.«
Es zerbrach dem Bootsmann das Herz.
Stumm wurde er, die Stille sein steter Begleiter.
Der Sturm brachte das Boot in Not.
Laut schrie der Bootsmann:

»Sage mir, kannst du schwimmen, weiser Mann?«
»Nein, schwimmen kann ich nicht, deine Frage ist mir Antwort.«
»Nun gelehrter Mann, sinnlos ist dein ganzes Leben,
Bald wird geschluckt das Boot vom Meer, das wird all dein Wissen sein.«
Aus: Matnawi, 1. Buch, Vers 2840–2845

Wissen könne zu einer Last werden, das die Menschen in die Ausweglosigkeit führe.

Wissen wird zur Hilfe, wenn das Herz es ergreift.
Wissen wird zur Last, wenn der Kopf es begreift.
Aus: Matnawi, 1. Buch, Vers 3453

Die größte Last der Menschen aber ist nach Rumi ihre Gier; Gier nach materiellen Gütern, nach viel Wissen, Beliebtheit usw. Dies alles seien Laster, mit denen der Mensch glaubt, sich schmücken zu können. Für ihn ist der Mensch ohne solchen Schmuck schöner, denn er ist von Natur aus schön.

Ein Schlangenjäger brachte eine gefrorene Riesenschlange aus den Bergen in die Stadt. Eine Schar von Menschen bewunderte die Schlange und dachte, sie sei tot. Doch die warme Sonne weckte die Schlange auf und sie verschlang als Erstes den Jäger, danach einige Zuschauer.
Aus: Matnawi, 3. Buch, S. 453

Nach Rumi sollten die Menschen sich selbst anschauen und sich über die eigene Schönheit freuen, anstatt sich mit gefährlichen Schlangen zu umgeben, die sie dann bewundern und beklatschen.

Rumi war zunächst ein hochrangiger Theologe. Seine späteren mystischen Naturbeschreibungen (s. S. 11, 75) sind Zeugnisse und Ergebnis seiner intensiven Beobachtung der Natur in seinen jungen Jahren. Er war bis zu seinem siebenunddreißigsten Lebensjahr wie andere auf sein Wissen stolz. Seine ständige Sehnsucht nach Gott verhalf ihm zu einer Begegnung mit Schams, »der Sonne aus Tabriz«, und nicht ein Zufall. Dieser unbekannte Wanderderwisch, diese Sonne half ihm, dem bekannten, beliebten und gelehrten Rumi, von der reinen Wissenschaft loszukommen, und zeigte ihm, dass Gott nur durch die Liebe erfahren werden kann. Schams war ein Rebell ohne Furcht, den der weltberühmte Gelehrte Rumi darum bat, ihn als Schüler anzunehmen.

Schams sprach: »Ein Narr bist du nicht, würdig, in diesem Haus zu wohnen, bist du nicht.«
Ich zog mich zurück, wurde zum Narren und schloss mich den Derwischen an.
Er sprach: »Trunken bist du nicht, fort mit dir, zu unserem Kreis gehörst du nicht.«
Ich zog mich zurück, wurde trunken und das Glück erfüllte mich.
Er sprach: »Du bist Weiser, Oberhaupt und allererster Anführer.«
»Kein Weiser bin ich, kein Anführer, deinen Weisungen folge ich.«
Er sprach: »Zur Kerze und zur Kaaba deiner Gemeinde wurdest du.«
Beides bin ich nicht, zu flüchtigem Rauch wurde ich.
*Er sprach: »Flügel sind dir gewachsen, keine Flügel gebe ich dir.«**
Im Verlangen nach deinen Flügeln und Federn, meine Flügel wurden gestutzt, meine Federn verlor ich.

Aus: Diwan, 1393

Schams wurde Rumis Ebenbild Gottes. Seine Liebesgedichte sind an Schams gerichtet, in Wahrheit ist Gott gemeint. So fand Rumi in der Liebe zu Schams die Erfüllung seiner eigenen Sehnsucht.

Mein Herz empfing den Liebesglanz,
Die Brust öffnete sich ihm ganz
Ein neues Kleid bekam mein Herz.
Zum Feind des alten wurde ich.

Aus: Diwan, 1393

Er ließ sich mit Schams auf ein Risiko ohne geringste Hoffnung auf irgendeinen irdischen Gewinn ein.

* »Jemanden wachsen Flügel« heißt eingebildet zu sein.

Glücklich jener, der verloren hat sein Hab und Gut beim Hasardspiel,
Nichts blieb ihm, nur ein Verlangen nach neuem Spiel.
Aus: Diwan, 1085

Rumi legte alles Alte ab. Er wurde neu geboren. Er ist davon überzeugt, dass alle Menschen, die bereit sind, sich bedingungsloser Liebe hinzugeben, neu geboren würden.

Jene, die Gott aus Angst anbeten, sind Sklaven.
Solche, die um Einlass ins Paradies feilschen, sind Händler.
Die Liebenden, die Gott aus Liebe anbeten, sind freie Menschen.
Aus: Aussprüche von dem Propheten Mohammad

Rumi denkt über körperliche und geistig-seelische Fähigkeiten des Menschen nach. Der Mensch solle handeln und für sein tägliches Leben sorgen. Die Natur fordere ihn dazu auf, zu »begreifen, was ihn ergreift«. Natur und Religion halten Geist und Seele in ihren gegensätzlichen Fragestellungen in Bewegung.

Wie die Natur soll der Mensch immer in Bewegung bleiben
und für sein tägliches Leben Sorge tragen und arbeiten.
Er soll sich Wissen aneignen und versuchen,
Religionen zu verstehen und zu begreifen. Die Religionen
und die Natur sind wegen ihrer Widersprüchlichkeit schwer
begreifbar. Aber gerade ihre Widersprüchlichkeiten und
schwere Zugänglichkeit halten die Menschen in Bewegung.

Rumi selbst betrachtete die Natur sehr intensiv und hinterfragte die Religionen auf ihr jeweiliges Anliegen hin. Er sieht hinter jedem Seienden auch etwas Dahinterliegendes. So auch beim Element des Wassers, das den Staub aus der Luft in sich aufnimmt und den Schmutz der Erde abwäscht und dadurch selbst unrein wird, jedoch durch Verdampfung als sauberes Wasser zurückkehrt. Rumi nimmt das Wasser als ein göttliches Element wahr. Dieses Wasser des Himmels mache die Erde rein und wasche das Schamgefühl (die Reue) des Menschen ab.

Es regnet im Frühling, zum Fest der Natur, dem Neuen Jahr der Perser. Es ist Gottes Botschaft, die immer wieder die Seele des Menschen von ihrem Ballast befreit und ihnen eine neue Geburt, ein Neujahrfest schenkt. Eine wunderbare Zwiesprache zwischen dem Wasser und dem Schmutz:

»Eile, komm in mich«, so das Wasser zum Schmutz.
Seines Seins beschämt war der Schmutz,
Auch dein Schamgefühl wasche ich,
Wie willst du es anders loswerden ohne mich?
Aus: Matnawi, 2. Buch, Vers 1367, 1368

Die Menschen sind wie Regentropfen, sie münden im Meer. Jeder einzelne Tropfen wird zum Ganzen und das ganze Meer besteht aus vielen Tropfen.

Vom Meer stammen wir, zu ihm kehren wir zurück.
Von oben kommen wir, nach oben gehen wir.
Noahs Arche sind wir im Seelensturm.
Unser Los: Ohne Hände, ohne Füße gehen wir.
Aus: Diwan, 1674

Rumis Sehnsucht nach offener Weite führt ihn zum Meer Gottes, so wie die Regentropfen ihren Weg zum Meer finden. Das Meer ist sauber, farblos und ist in der mystischen Sprache auch Symbol für Großmut, Barmherzigkeit, für Stille, Unabmessbarkeit, Weite, für Geheimes, für Offenheit und für Anfang (Ursprung) und Ende (Ziel). Das Meer wird selbst nie unrein, es reinigt alles andere. Das Meer wird mit dem Himmel verglichen und darin schwimmende Fische mit den Engeln (den Vorbildern der Menschen). Die Fische schlafen nie, sie haben ein endloses Vertrauen zu ihrem Lebensraum. Sie sind einsam und auf sich selbst gestellt. Sie schwimmen im Meer Gottes. Das Meer hat neben den das Leben erleichternden auch vernichtende Eigenschaften. Solange man sich auf der Oberfläche des Meeres bewegt, wird man getragen, aber sobald man sich in seine Tiefen wagt, wird man von ihm verschluckt. Und am Ende verschmilzt man mit dem Wasser ganz und gar. Ein Auftauchen ist nicht mehr möglich. Ein im Meer Gottes ertrunkener Mystiker kann nicht auftauchen und den anderen Menschen von seiner Gotteserfahrung berichten.

Sohrwardi 12. Jahrhundert:

Was ich in meinem Buch niedergeschrieben habe, ist kein Wissen, das durch Denken zustande gekommen ist, sondern durch etwas anderes. Ich habe zuerst etwas erfahren, dann nach Gründen hierfür gesucht. Ich musste wohl oder übel wissenschaftlich arbeiten und nach der Ursache des Lichtes und der Dunkelheit suchen, damit mich nicht der Zweifel von Außenstehenden ansteckt. Trotzdem kann ich viele Geheimnisse, die ich kenne, nicht erklären.

Sohrwardi beschreibt eine Episode seines Lebens:

Ich saß mit einigen Sufis zusammen. Sie wollten wissen, was mein Meister (Pier) mir erzählt hatte. Ich sagte: Pier erzählte mir vieles, aber ich kann es hier nicht weitererzählen, denn das Sagbare ist nicht sagbar.

Rumi hat mehr als tausendmal die Wörter Sonne und Meer in seinen Gedichten verwendet. Auch er selber ist manchmal Sonne und manchmal Meer für uns. Für ihn ist die göttliche Sphäre das Meer und die Erschaffenen sind Wassertropfen, die im Meer enden und selbst zum Meer werden. Eine der wichtigen Eigenschaften des Meeres ist seine Unberechenbarkeit. Das heißt, jeder Wassertropfen, jeder Erschaffene ist unerschrocken und nicht ängstlich. Nicht aus Angst schließt er sich dem großen Meer (Gott) an, sondern aus Liebe.

Alles, was vom Meer stammt, kehrt zum Meer zurück.
Alles, was von dort kommt, kehrt dorthin zurück.
Aus: Matnawi, 1. Buch, Vers 770

Die Sonne, das Licht und der Schatten

Wie ein schlafender Esel im Morast ist der Verstand, unfähig,
die Liebe zu beschreiben.
Liebe und Verliebtsein kann nur die Liebe selbst beschreiben.
Wegweiser der Sonne ist die Sonne selbst.
Suchst du den Wegweiser, wende dich nie ab von der Sonne.
Schatten zeigen dir den Weg zur Sonne.
Allaugenblicklich spendet Leben die Sonne.

Aus: Matnawi, 1. Buch, Vers 115–117

Gott, herrlich, herrlich ist deine Liebe.
Wie fein, wie wohltuend, wie schön ist deine Liebe,
Wie warm, wie warm die Liebe, die Sonne.
Gott verborgen, verborgen und sichtbar ist die Liebe.

Aus: Diwan, 95

Die Liebe verlangt Opferbereitschaft von dem Liebenden. Eine völlige Verschmelzung wird hier verlangt. Der Regen opfert sich dem Meer, der Schatten dem Licht. Die Regentropfen werden zum Meer, und der Schatten wird zum Licht. Ohne die Opferbereitschaft der Regentropfen und ihre völlige Verschmelzung im Meer gäbe es kein Meer. Ohne die Opferbereitschaft des Schattens und seine völlige Auflösung im Licht gäbe es kein Licht.

Das Meer besteht aus Regentropfen, die Regentropfen werden zum Meer. Sie sind keine Regentropfen mehr, dennoch sind sie. Das Licht nimmt den Schatten in sich auf, somit besteht das Licht aus Schatten. Der Schatten hat sich aufgelöst im Licht und ist kein Schatten mehr, und dennoch ist er. Licht und Schatten stehen nicht einander gegenüber, sondern sie sind verschmolzen.

Die Gesetzmäßigkeit der Existenz, Sein und Nichtsein, Zeit und Raum werden aufgehoben. So erlebt der Mystiker Licht. Er taucht ein im Meer Gottes. Die Quelle des Lichtes ist die Sonne. Sie ist in der persischen Liebesmystik Symbol für:

Führerschaft, Wegweiser, Großzügigkeit, Urgrund, Bereitsein der Seele, Wachsamkeit, Liebe, Nahrungsquell, Wohltat fürs Auge, messerscharfe Gerechtigkeit.

Rumi entdeckte all diese Eigenschaften der Sonne bei seinem Mentor Schams Tabrizi, bei seiner Sonne aus Tabriz (s. S. 21, 23, 37, 71).

Lachen und Weinen von Mystikern

Das Lachen und Weinen von Mystikern ist das Lachen und Weinen von Liebenden. Der Liebende hat stets Sehnsucht und Trennungsschmerz. Er ist glücklich, wenn er den Geliebten gefunden oder wenigstens ein Zeichen von ihm erfahren hat. Lachen und Weinen, Trauer und Freude sind wie Regentropfen und das Meer, wie Licht und Schatten. Sie sind und sie sind nicht. Jedes Weinen zieht ein Lachen mit sich und jedes Lachen trägt einen Keim der Traurigkeit in sich (s. S. 49).

Rumi lernte Schams mit siebenunddreißig Jahren kennen. Fast zwei Jahre lang waren sie innige Freunde. Danach verschwand Schams für immer. Niemand weiß bis heute, woher er kam und wohin er ging. Aus Trauer über den Verlust des Freundes wurde Rumi zum Dichter. Er widmete sein großes Werk »Diwan« dem Schams und in seinem Matnawi ist oft von dieser Sonne die Rede. Die Zeit der Trauer, so lang sie auch sein mag, ist eine hoffnungsvolle Zeit (s. S. 45). Die Trauer ist mit einer Knospe zu vergleichen, die sich jeden Augenblick in eine lachende Blume verwandeln kann. In der Knospe ruht eine lachende Blume, »in der Stille ruht die Bewegung« (s. S. 49, 65).

Der Wein

In Rumis Gedichten sind der Wein, der Rausch und die Trunkenheit Metaphern für die geistige Nähe zu Gott. Der Wein wird in Kharabat, einem Gotteshaus, einem Wirtshaus der Liebe, ausgeschenkt. Dieser Wein gärt in Liebe, durch Liebe. Nur die Angetrunkenen, diejenigen, die die Mühe wagen, sich auf den Weg zu Gott zu machen, sind in der Lage, diesen Wein auch zu trinken. Für die Nüchternen ist jeder Tropfen zu schade (s. S. 33).

Rumis Religion und Glaube

Maulana Dschalaldin Rumi wurde im Jahre 1207 in Balch, dem heutigen Afghanistan, als Sohn eines bekannten moslemischen Theologen geboren. Somit war er Moslem und verehrte den Propheten Mohammad in hohem Maß. Manche Gelehrte seiner Zeit und viele danach setzten folgenden Vergleich: Während die meisten Menschen wie Fische im Meer sind, ist Rumi wie ein Wal, dem selbst das Meer wie ein Teich zu klein ist. Was heißen soll, dass Rumi nicht in der Enge einer Religion leben konnte.

Bisweilen sind wir sichtbar, bisweilen verborgen,
Bisweilen Muslims, Christen oder Juden.
Wir durchlaufen viele Formen,
Bis unser Herz Zufluchtstätte für alle wird.

Übersetzung: Cyrus Atabay
Ich sprach zur Nacht, Verlag Eremiten-Presse

Menschen der Liebe sind von allen Religionen fern,
Gott allein ist ihnen Glaube und Weg.

Aus: Matnawi, 2. Heft, 1770

Rumi, der große Dichter

Seine Hingabe an Gott und seine Versenkung in das Metaphysische ließen ihn vergessen, dass er ein großer Theologe war und ein breites naturwissenschaftliches Wissen besaß, machten ihn aber zum größten Dichter persischer Mystik. Bescheiden nimmt Rumi sich zurück:

Ein Dichter bin ich nicht, lebe nicht davon.
Vollkommen bin ich nicht, bin nicht traurig drum.
Mein Wissen, meine Kunst misst nur einen Becher voll,
Selbst diesen nehme ich nur aus Gotteshand.
Aus: Robai, 1256

Viele seiner Gedichte sind beim Tanz der Derwische, beim Sema entstanden, andere hat er eigens für diese Tanzerfahrung gedichtet. Und so führte sein Sema zu Ekstasen, die sich unmittelbar in neuartigen rhythmischen und sich wiederholenden Tanzbewegungen äußerten. Ekstasen von übersteigerten Emotionen und Verhaltensänderungen, die als »Einbruchstellen des metaphysischen, zumindest des Außeralltäglichen« erlebt wurden. Rumis Dichtung hat so bereits zu seiner Zeit eine große Anhängerschar gefunden. Diese hat viel für das Bekanntwerden seiner Werke getan, indem sie über sechzehn Schreiber verpflichtete, seine Gedichte beim Formulieren aufzuschreiben. So bewahrten sie einen überaus kostbaren Schatz für viele, viele Menschen auf der ganzen Welt. Diesen Schreibern haben wir es zu verdanken, dass wir heute noch Rumi in der Originalsprache mit seinem äußerst kunstvollen Ausdrucksstil lesen und erfahren können. Seine Gedichte legen eine eindeutige Rechenschaft über sein Verhältnis zu Gott ab, aber die Komplexität der vielen neuen mystischen Bilder müssen wir uns selber entschlüsseln, damit wir die Tiefe seiner Aussagen voll erfassen. War er doch einer der wenigen, die in der Lage waren, ihre Gotteserfahrung, letztlich Unsägliches, sagbar zu machen. Wenn wir ihn verstehen wollen, müssen wir uns mit seinem Leben und seinen außergewöhnlichen Lebenserfahrungen beschäftigen. Vor allem aber muss man sich in die Bedeutung der Bilderwelt östlicher Mystik einarbeiten.

Ein Kenner der persischen Dichtung weiß, dass seine Worte, Bilder, Verse und sein gesamtes Werk sich wie die tanzenden Derwische verhalten. Sie sind wie die Himmelskörper: Sie drehen sich um die eigene Achse und sie »begegnen« einander. Seine Gedichte sind wie die Sonne. Seit achthundert Jahren spenden sie Menschen aus aller Welt Wärme und Licht. Um ihn zu verstehen, muss der Leser bereit sein, sich ganz weit öffnen.

Du schließt deine Augen und sagst:
»Wo ist der helle Tag?«
Die Sonne klopft an deine Lider, und sagt:
»Hier bin ich, öffne die Tür.«

Übersetzung: Cyrus Atabay
Die Sonne von Tabriz, Fischer Taschenbuch Verlag

Zu Rumis Werken

Der Diwan besteht aus 3229 Ghasele und Ghaside, 1995 Rubijat, dem Matnawi, dem Fihe Mafi, Maktubat und Madjles Sobhe (Sieben Versammlungen).

Ghasel (Plural Ghasele) sind Liebesdichtungen mit jeweils mindestens sieben und höchstens fünfzehn Versen. Jeder Vers besteht aus zwei Halbversen. Die ersten beiden Halbverse reimen sich und alle darauf folgenden zweiten Hälften reimen sich mit dem ersten Vers.

Ghaside (Extrakt) sind Lobeshymnen an Gott, an Personen oder Sachen, sie bestehen aus mindestens sechzehn Zeilen. Die Reime sind genauso konstruiert wie bei den Ghaselen.

Rubai (Plural Rubaijat) ist ein Gedicht mit vier Halbzeilen. Dadurch, dass jede halbe Zeile ein geschlossener Satz ist, wird der Rubai als Vierzeiler bezeichnet. Die erste, zweite und letzte der vier Zeilen muss sich reimen, die dritte darf reimlos sein. Der Rubai ist die kürzeste Dichtungsform Persiens. Er ist frei von Arabesken und meist jedem verständlich. Er besteht im Allgemeinen aus einem meditativen und reflektierenden Anfang, dessen Quintessenz in die letzte Zeile gebannt wird. Der persische Dichter Saeb formulierte das so: Im Rubai stößt die letzte Zeile ins Herz.

Matnawi (Doppelverse), ein Lehrwerk, stellt in sechsundzwanzigtausend Versen ein völliges Kompendium der Mystik in all ihren Strömungen dar. Unsystematisch verknüpft es die widersprüchlichsten Ideen miteinander. Für alle späteren Generationen von Mystikern ist es eine Fundgrube und gilt fast als »Koran in persischer Sprache«. Matnawi wurde in der ganzen Welt immer aufs Neue kommentiert und übersetzt.

Fihe Mafi sind Texte in Prosa, die aus Gesprächen Rumis mit seinen Anhängern entstanden sind.

Maktubat ist eine Sammlung seiner Briefe.

Rumi und ich

Rumi dichtete für jeden, auch für mich. Als ich zwölf Jahre alt war, behandelten wir in der Schule die Geschichte aus Matnawi »Moses und der Schäfer«. Ein Schäfer stellt sich Gott so vor wie einen Menschen und bietet ihm fröhlich an, ihm zu dienen, ihm die Füße zu waschen und ihm die Haare zu kämmen. Moses traf auf seinem Weg den Schäfer und war über diese Art der Gottesanbetung entsetzt. Er schimpfte mit dem Schäfer, wie er sich erlauben könne, Gott so zu behandeln. Erschrocken und verzweifelt darüber lief der Schäfer in die Wüste und raufte sich die Haare. Da rügte Gott Moses: »Lass meine Geschöpfe mich nach ihrem Vermögen und nach ihrer Weise anbeten.« Diese Geschichte wird im Matnawi ausführlich und farbig dargestellt und hatte eine ungeheure Wirkung auf mich. Mit einem Schlag wurde mir klar, dass die Tore zum Paradies für jeden offen stehen und nicht nur für Anhänger bestimmter Religionen.

Es war ein Traum: Mit einer Leiter besteige ich eine Zypresse, deren Früchte Wörter sind. Ergebnis meiner Mühe sind zwei Körbe voller Wörter und Bilder. In der Tat, es ist sehr mühsam, deutsche Wörter zu finden, die synonym zu persischen sind. Besonders ist das der Fall bei Rumis tiefen mystischen Aussagen. Ich habe versucht, den Textsinn der Gedichte zu erfassen und möglichst gleichwertig ins Deutsche zu übertragen. Leider kann eine solche Übersetzung die Landschaften und das Milieu, in denen die persischen Wörter geboren sind und heute noch fast unverändert weiterleben, nicht übertragen. Das Gleiche gilt auch für die musikalische Sprachmelodie und den neuartigen Rhythmus von Rumis Gedichten. Genau dieser Rhythmus in seiner Sprache ist es, der den persischen Leser in ganz besonderer Weise bannt und nach Rumis eigener Aussage die Angetrunkenen trunken macht, in mystische Trance versetzt. Mein Unvermögen, den persischen Rhythmus auch ins Deutsche zu übertragen, zwang mich, mich auf Übersetzungen aus dem »Diwan Schams« zu beschränken, deshalb habe ich mich noch nicht an die klangvollen Matnawi-Texte gewagt. So habe ich bisher nur 33 Gedichte aus 3229 Ghasele und Ghaside und 1995 Rubaijat übertragen können.

Der Grund meiner kleinen Auswahl ist folgender: Meine Körbe sind zu klein, meine Leiter ist zu kurz und die Zypresse zu groß und zu reich. Ich habe aber die Hoffnung, einen winzigen durststillenden Tropfen aus dem Ozean der persischen Poesie und mystischen Liebe dem Deutsch sprechenden Leser anbieten zu können.

Ich danke Frau Käthe Binder und Frau Ulrike Claus, die mir beim Pflücken der Worte geholfen haben. Mein besonderer Dank gilt dem Germanisten und Kenner der deutschen Mystik Herrn Dr. Horst Laubner, der mir bei meiner schwierigen Aufgabe geduldig zur Seite stand.

Reza Maschajechi

publication PN°1
Bibliothek der Provinz

Verlag für Literatur, Kunst und Musikalien